꽃으로 말할래요

임영희 제4시집

도서
출판 행복에너지

목차

꽃 1: 순수의 꽃

꽃 2: 애달픈 꽃이여

꽃 3: 여인의 향기

꽃 4: 꽃으로 다시 피랴

꽃 1

___

순수의
꽃

꽃이여

꽃은 나의 영혼
꽃은 나의 사랑

꽃을 빼앗는 것은
사랑을 빼앗는 것

世上에서 자신의 의지로
사랑할 수 있는 건
꽃뿐이다

그리해 나의 사랑은
꽃이다

사랑이 눈물겨운 건
꽃으로만 허용되는
나의 사랑 때문이다

나의 사랑
나의 영혼
꽃이여…

장미의 꿈

꿈은 언제나 아름답다
아름답지 않고서야
꿈일 수 있을까

이룰 수 없는 것에 대한
욕망도 꿈이다
꿈꾸는 것은 자유다

자유만큼 아름다워질 수
있는 건
아무것도 없다

장미의 꿈은
달콤한 향기다
향기없는 꽃이란

꽃에게 꿈이 없음이다
장미의 꿈은 마지막 한 송이의
영원한 향기로움이다

사랑의 장미

누가 장미를
싫어할까
아름다운 장미

장미만큼 아름다운
女人의 마음
슬픔을 머금고 있는 눈빛

눈빛 속에 고요히
가라앉아 있는 그리움

장미를 보면 여인의
아름답고 눈물겨운
사랑이 느껴진다

여인의 영원한
향기여
장미여

아이리스

붉은빛 물감을 듬뿍 찍어
사랑의 편지를 써 보세요

사랑이 가슴속 깊숙이
숨어 있는 건

이룰 수 없는 꿈 때문
꿈이 너무 아름다워서

눈물 겹도록 사랑이 그리워서
꽃 한아름 피어나

사랑의 푸른 편지를 쓰래요
사랑으로 가는 길은

험하고 아득해서 멍든 가슴
푸르게 피어난 꽃

푸른 아이리스여
붓 닮은 꽃이여…

〈※ 꽃이 활짝 피기 전〉

순수의 꽃

고결하니 눈부시누나
白蓮의 아름다움
사랑받기 위해 피어난

순수의 꽃아
곱디고운 그대의 모습은
안타까움이다

때묻지 않는 순결함으로
보는 이의 마음을 깨끗이
精華 시키누나

꽃의 아름다움
꽃의 순수
꽃의 정화여…

제비동자꽃 보며

꽃은 神이 주신 가장 아름다운 선물
눈물 흘리며 마음 아플 때 마음이여
꽃을 바라보라 꽃의 아름다움이 그대
마음 달래며 그대 가슴으로 안겨와

눈물 닦으며 속삭이는 꽃의 목소리
향기로움으로 하여 그대의 눈물은
꽃잎에 떨어지는 맑은 이슬이 되고
다시 꽃으로 피어난 그대의 마음이여…

르네브꽃

어느 시인은 그대를 귀부인 같은 꽃이라
칭송하였거늘 우아하고 아름다운
르네브여…

은은한 그대의 향취가 사랑이라
말할 수 있을까
행복한 미소 띠우며

그대를 바라보는 이들에게
사랑을 보내 주어요

그대 아름다움이 눈부신
사랑의 화신 분홍빛 르네브꽃이여

순결한 사랑으로하여
그대 아름다움도 영원하여라

〈※ 르네브꽃: 분홍빛 백합꽃〉

애기별꽃

귀엽고 아주 쬐끔한 꽃이
애기별꽃입니다

들길 논둑길 어디서나 예쁘게
웃고 있는 손톱보다 작디작은 꽃
애기별꽃 사랑스러워라

들길을 걷다 만나면 한참을 곁에
앉아서 들여다보기도 하였지요
그 작디작음이 가슴 아려서
이름도 모르던 작고 귀여운
애기별꽃…

이제 너의 이름을 불러주리라
사랑의 애기별꽃
새하얀 미소로 대답하려무나
애잔한 애기별꽃

너를 사랑하리라
사랑하고 있노라
나의 애기별꽃…

꽃들의 미소

꽃은 언제 보아도
아름다워라
꽃을 보고도 어여쁨을
못 느낀다면
그건 슬픔이야

꽃집 앞에 서면 설레는 마음
그냥 지나치려면 꽃들이
손짓해 부르는 것 같아
나 좀 보고 가셔요…
꽃들의 아름다운 미소

향기로움은 덤이야
행복해지게 하는 덤
슬프지 않게 하는 덤
미소 띠게 하는 덤
사랑을 느끼게 하는 덤

꽃이야말로 신이 주신
아름다운 선물
진정 감사함으로 하여
때로 이슬 같은 눈물…
감사감사 하여이다

노루귀꽃

마냥 어여쁜 꽃이여요
물 고운 분홍빛 태깔이
빛을 뿜어내고 있네

보송보송 솜털 돋은
여린꽃대 아기를
보는 것 같으다

여린 입술로 천고의
침묵을 깨물고
심산 바위 곁에서 고요히

빛바라기 하며
이른 봄 노루귀는 그렇게
그리움을 피우고 있나 봐요

노루귀를 닮은 곳은
그 어디에도
보이질 않고…

진달래꽃

나는 사랑이에요
봄마다 사랑이 그리워
피어나는 꽃이에요

하늘 아래 그 어느 곳인들
나를 보고플 때
찾아오세요

사랑하는 마음
그리움 안고 오소서

나의 입술 나의 마음
송두리채 가져가소서

나는 그대의 꽃이라오
오천만의 꽃이라오

산마다 가득히
꿈으로 피오리다

사랑의 꽃이 되오리
희망의 꽃이 되오리다

할미꽃 1

어여쁘디 어여쁜 꽃을 누가
할미꽃이라 불러 주었나
꽃 하나 따서 꽃잎 뒤로
접어 모우면…
곱디고운 붉은 꽃족두리
되는 것을
어여쁜 할미꽃이라 부르리

솜털 보송보송 은회색 빛
겉모습 꽃잎 지고 나면
백발 머리카락 바람에
휘날리는 꽃씨…
백발의 할머니로 보이고만
할미꽃아
그래도 사랑스러운 건 어쩔 수 없네

귀여운 팬지꽃

청보라빛 팬지꽃 마치 날개 편 나비 같다
봄바람에 하늘하늘 날리우는 귀여운 꽃잎
노타리 작은 꽃밭에서 공원 한 모퉁이에서

아파트 꽃길 화분 속에서 마냥 방긋이
웃기만 하는 사랑스런 아기 같은 꽃
한데 어울려 웃고 싶어라 팬지꽃 되어

따뜻한 봄날 온종일 그렇게 웃고 있으면
나비 날아와 한참을 즐겁게 놀다 가겠지
봄볕과 나비와 귀여운 팬지꽃 다 사랑이네

라일락 필 때

그녀의 향기에는 감미로운
음악이 흐른다

그녀가 아니고서야
그 남에게서 달콤한 향기가
음악처럼 흐를 수 없다

그녀 곁에 서 있노라면
아지랑이처럼 피어나는
그리움과 사랑…

오월이 되기도 전에 그녀는
고웁게 꽃단장하고 살며시
불어오는 봄바람에 실려

맘껏 유혹을 피우고 있다
감미로움과 그리움
그리고 사랑

아아! 나는 그녀에게 취해
끝없이 아름다운 먼
여정길에 오른다…

작은 풀꽃

작은 풀꽃의 어여쁨
순수하여라

세상 사람들
더 크고 더 아름답기를
소망할 터인데…

오솔길 걷다가 만나는
작디작은 들꽃이여

작디작은 소망 갖었기에
그리도 뽀얀 손톱 같을까

들길 걷다 만나는
작은 이름 모를 풀꽃이여

네 소박함이 눈물겨워
항시 너를 사랑하리라…

군자란

난 중에서 제일가는 난이란 말인가
사람 가운데 잘난 사람을
군자라 하거늘…

산형화서로 피는
군자란의 아름다움 큰 꽃대의
끝자락에 한 웅큼 가득 탐스런

짙은 금향색 꽃이여
청청하니 곧게 뻗은 잎새
삼백예순날 마냥 푸르러

그 기백으로 하여 군자라 하느뇨
올해도 애기군자란 시집 보내고
군자란꽃 지고 나면 왠지 섭섭하리…

분홍 장미 1

분홍 빛깔의 연연한
그리움아

수줍은 빛깔만으로도
마음을 사로잡고

향기로움이야
더 말해 무엇하리

그리움과 꿈이 된
나의 사랑 장미

구원한 어여쁨의
고혹적인 장미여…

엉겅퀴꽃 1

그대 옷자락
붙잡고 싶어 엉겅퀴
꽃이나 될까

돌아서 떠나는
그대 발길 무엇으로
되돌릴꺼나 아!

엉겅퀴꽃의
타버린 마음 진분홍빛
멍에로 남아

잎마다 가시 돋힌
슬픔아…
엉겅퀴꽃 피면

그대여
뒤돌아보아 주세요
설음의 엉겅퀴꽃

보라빛 연꽃

보라빛 연꽃의 신비여
눈에 투영된 그대의
빛깔은 연수정 보석이다

빛이 그려 낼 수 있는
절정의 빛이다
아름다움의 영혼이다

꽃이 말할 수 없는 건
당연하다
빛깔만으로 완벽함이다

상사화

다시 태어나면
꽃이 되리라
전생에 꽃이었다 해도
다시 한번 꽃이 되리라

꽃속에 스민 향기로
오래오래 그대를
향기롭게 하리라
사랑아 사랑아

이룰 수 없는 사랑
상사화 꽃이여
연연한 꽃의 사랑
분홍빛 자태 너무 곱다

꽃에게 1

꽃에게도 슬픔이
있다면 보는 이의 마음이
거기 있는 탓이리…

내 마음 속의 꽃은
언제나 아름답고 고운
사랑을 전해 줍니다

세상에서 꽃이 없었다면
詩가 어찌 있을까
내 마음의 중심이여

꽃을 바라볼 때의
행복한 환상 미움과
외로움을 잊게 하는

꽃이여 한때의 방황을
마음에 두지 말아요
꽃으로 하여

다 사랑하게 하세요
내 마음의 어떤 의혹도
사라지게 하소서…

빛이며
꿈이며
사랑이여!

석류

정원 한 모퉁이 석류나무는
조용히 꽃을 피운다

여섯 장의 꽃잎으로 피어난
짙은 금향색의 왕관을 닮은 꽃

설령 꽃이 아름다울지라도
석류꽃은 가을을 기다린다

가을 어느 날 갑자기 입 벌린
석류는 샛빨간 루비 보석을

입안 가득 물고 방긋 웃는다
반짝이는 석류알의 투명한

아름다움 한입 가득 입속에서
녹아드는 새콤달콤 석류의 맛

어느 가을날 오후의 신선한
석류알의 아름다운 유혹이여

초롱꽃 1

1
연두빛 초롱꽃
불 밝혀요

유월의 신랑 신부
첫날밤

은은한 달빛 같은
초롱꽃

수줍은 신부의
고운 모습 비추이게…

2
두물머리
친구네 뜰에 곱게 핀
초롱꽃

아름다운 유월 신부의
창가에 달아 주련

밤이슬 맞으면
못내 뎅그랑 뎅그랑
은은하게

종소리 울릴 것 같은
초롱꽃

나의 국화는

어느 날 장독대 한 켠에서
몰래 향기를 피우며
환히 웃던 국화

시골집 담장 한 켠에서도
살그머니 향내 피우던
가을 국화

못내 그리운
그 가을날

국화 한 아름 가슴에 안고
서럽지 않을 만큼 울고
돌아서 오던…

부모님 다 가시고
국화꽃 향기마저
날아가 버리고

이제는 계절 없이
노상 그렇게 피어 있는
꽃이여

향기 없음이 마냥
서러움이네
나의 국화는…

빛과 꽃

찬란한 빛이 찾아와
꽃잎을 달래인다

사랑하노라
날마다 찾아오고
싶노라

바람이 외면하며
멀리 날아가 버리고

따스한 눈길로
꽃을 어루이는 빛

빛의 열정이 꽃잎에
닿아 꽃은 아름다워진다

빛과 꽃의 다정한 해후
산속에서는 더욱
친밀하다

어느 날 꽃이 피어나
빛에게 말하리라

꽃의 아름다움은 빛
빛의 아름다움이
사랑이라고…

장미의 노래

그대 영혼 속 깊숙히
잠들어 있는
아름다움

유혹의 빛을
잉태하기 위해 꽃의
인내와 몸부림

겨우내 잠들지 못한
손 시린 북풍과
눈보라

장미는 그렇게
긴 인고를 견디고
피어난 유혹

깊고 아득한 향기
꿈을 먼 희망으로
이끌어 가는

장미여
그대의 아름다운 노래
달콤함이 유혹이다

유혹의 장미여
장미여…
너무 아름답도다

연꽃

너무 고웁고 아리따운
연꽃 꽃 꽃
꽃이여!

지상의 꽃이 다
아름다와도 물 위의
꽃만큼 숭고할까

사람의 마음속으로
스며 퍼지는 향기

사람의 가슴에
피어나는 꽃이 된
연꽃

맑은 이슬만 머금고
피어난 듯 영롱한 빛의
소중한 꽃이여

구원의 빛 되소서…
위안의 사랑 되오소서…

영롱한 장미

고운 빛의 장미는
영롱한 눈물 같아라

때로 세상에서
제일 아름다운 건
여인의 눈물이네

눈물 머금은 장미여
아침 햇살 속에서
이제 눈 뜨누나

세상의 아름다움
가득 품고 미소 띠는
장미의 웃음

영롱한 장미 한 송이
그대여 사랑이라
여기소서…

그대에게로 향한
아름다운 사랑이라
받아 가소서…

며느리 배꼽풀

며느리의 배꼽을
누가 보았을까

참으로 재미있는
야생화의 이름

나는 보았네 오늘
며느리 배꼽 꽃을

조리도 오묘하게
생겼을꼬

만드신 이도
재미있고

이름 지으신 이도
너무 재미있네

배꼽이 한 개도 아니고
우째 요로코롬 많다요

그 옛날 불쌍했던 며느님이여
이제 그 한恨 푸시옵소서…

요즘 며느님은 배꼽 다 내놓고
다녀도 흉보는 이 없다오!

파도와 꽃

한적한 바닷가
보는 이 없어도
곱게 피어 있는 꽃이여

파도소리 들으며
고운 꿈으로 피어나
꽃은 그렇게 아름답나 보다

때로 너무 외로움에 지쳐
소리쳐 부르는 파도소리
꽃은 대답할 수 없는

안타까움에 더욱
붉게 물들어 가네
아름다운 꽃이여

파도여 꽃이여
외로움을 씻고
더불어 아름다운 세상

언제나 그곳에서
사람에게 기쁨을
나누어 주어요

파꽃 그림

민머리 파꽃이 한 폭의
그림 속에서 향기를
뿜어냅니다

그린 이의 손끝에서
피어나 사랑스런 꽃이 되고
감동이 된 파꽃이여

누가 눈여겨보았을까
때로 애처로운 눈빛으로
벌 나비 기다리던

그리움
민머리 파꽃의 애환이
오늘 아름답게 꿈을 폅니다

발아래 작은 민들레
노란 미소 띠우며
파꽃에게 사랑을 보내는가

꽃

꽃은 내 사랑이다
살아 있음의 행운을
꽃이 말한다

누가 꽃의 이름을
불렀을까

꽃이 아름다운 건
사랑이다
내 사랑 꽃이여

초롱꽃 2

보라빛은 신비다
무슨 비밀 같은 궁금증
보라빛 초롱꽃 속에서

옛이야기랑
요술 램프가
나올 것만 같은…

기다림과 그리움까지
설레이며 밀려오는
알 수 없는 희망

뎅그랑 뎅그랑
은은하게 요요하게
가슴 가득 꿈을 보내네

홍매화

홍매화 등걸은
오랜 세월 비바람에
시달려 왔거늘 어찌

꽃은 아리따운
새악시 같아라
일편단심 붉게 피어

아름다운 봄날을
맘껏 뽐내누나
곱디고운 홍매화야…

찬서리 눈보라 맨몸으로
맞으며 섧던 몽우리
이제금 방긋 웃고 있는

네 모습 보는 이
가슴 뭉클하니 따스한
연정을 느끼게 하네

동백꽃 1

그대 가슴에
동백꽃 한 송이
꽂아 드리리다

겨우내 눈비 맞으며
열정으로 피어난
아리따운 꽃

붉게 물든 꽃잎
함초롬히 고개 숙이고
그리움을 삭여요

꽃을 보노라면
왠지 가슴이 뜨거워져
잊혀진 사랑이

아침 호수 위의
물안개처럼 다시
피어오르고…

저리도 고운
동백꽃이여
사랑이 꽃을 닮아 있네

할미꽃 2

누가 허리 굽고
등 굽은 할미꽃이라고
비웃나요

하얀 솜털이 보송보송
열정의 빨간꽃잎
너무 귀엽고 사랑스워요

할미꽃 따다 앙증맞은
족두리 만들어 보실래요
물겅이 각시 시집 보낼 때
할미꽃 족두리 쓴답니다

소꿉친구 근홍이랑
물겅이 각시 만들던 그 시절
지천으로 피던 할미꽃이

이제는 다 어디로 갔나
아름답고 귀여운 할미꽃아
지금도 너를 잊지 못하네

연분홍빛 철쭉꽃

꽃의 빛깔이
너무 순수하다
얌전한 열아홉 살
옛적 시골 처녀 같다

보는 이의 마음까지
은은한 빛이 되네
고운 꽃을 보는 건
정녕 행복이다

여자가 슬픔을
이겨낼 수 있는 건
아름다운 꽃이
곁에 있는 까닭이다

꽃처럼 아름답기를
소망하는 여인들이여
꽃처럼 아름다운 품위도
향기도 닮으시구려…

카라꽃

순결함과 간결함의 절정
먼 추억으로부터 이별하고픈
그리움과 소망까지도 다 감추인
하이얀 빛의 순수…

그대의 꿈은 무얼까
가까이 다가설 수 없는 순백의
사랑~ 그리움이 그대를
외롭게 하고 있네

꽃창포 핀 들녘

보라빛 꽃창포 핀 들녘
숨 멈추리만큼 곱기도 하네

꽃을 가꾸는 이여
나 그대에게나 시집 갈것을…

이제는 후회해도
소용 없어라

다시 태어나면
꽃을 가꾸며 살아가는

여인이 되랴…
꽃이 되랴…

꽃 2

애달픈
꽃이여

아름다운 세상 1

세상은 참 아름답다
너무 아름다워서 울고 싶다
아름다워서 가슴이 시리다

다 사랑하고 가리라
이 세상의 모든 작은 것에 대해
기뻐하고 즐거워하고 감사하리라

작디작은 감성으로 하여 슬펐던
모든 시간들 다 사랑하리라
사랑하여 행복했노라

이제는 말할 수 있으리라
아름다움이여 사랑함이여
풀꽃 속에 잠긴 아룸다움의 깊이까지도…

애달픈 꽃이여

사람아 사람아
진달래 피면
산으로 가자

붉은 영혼들이
숨 쉬며
부르는 소리

삶이 고달퍼 울던
여인네들 한恨으로
피어난 넋이라네

죽어서 한으로 다시
피는 애달픈 여인아
진달래 꽃이여!

엉겅퀴꽃 2

엉겅퀴꽃 되어
그대의 옷자락에
붙치어 살까

자주빛 멍울이 되어
그대의 한으로
남아 있을까

외로운 들녘
오고 가는 사람 없어도
꿋꿋이 피어

외로운 길손의
벗이 되랴
꽃이여…

마음과 가슴으로
피어나는 사랑이
엉겅퀴꽃으로 피어

그대의 옷자락
웅켜 잡으며
마냥 살아갈까나 이 세상…

씀바귀꽃

희뿌연히 달무늬 진 밤
씀바귀꽃 한 줄기 외롭게 피어
달무늬랑 소근거리고 있네

별빛마저 비추이지 않는 밤
씀바귀꽃의 노란 빛깔이
달빛을 닮고 있다

누군가 반겨 주는 이도 없는
작은 깃털 같은 씀바귀꽃
이름이나 기억할까

길가 어디에고 지천으로
피어 있지만 눈여겨
보는 이 없는 씀바귀꽃

달무늬 진 밤 씀바귀꽃은
외로움을 털고 노랗게
옛이야기를 하고 있네

꽃들녘에서

아름다운 꽃들녘에 앉아
꿈을 꾸리라
살아온 세월 속에
묻어두고 돌아서 온

꿈들을 찾아 하나 하나
조각들을 맞추며
때로 슬펐던 일
기뻤던 일 생각하며

삶은 그래도 행복한 것
눈물겹도록 아름답노라
하늘에게 말하리라
신에게도 고백하리다

아름다운 꽃들녘에서
나 마음껏 웃으리라
건강하게 산다는 것
더할 나위 없는 행복함이라고…

소나무와 장미

그윽한 솔향기
바람결에 흔들리고

계절의 바뀜도 모르는 채
언제나 그 자리 그렇게 푸르리

소나무의 변함없는 지조랑
한 송이 장미의 열정이여

마치 아름다운 여인과
늠름한 남자의 자태 같아라

사랑은 어디서도 피어나는 것
아름다움과 청청한 솔향기가

가슴으로 스미어들어
사랑과 따습한 위안을 보내누나

꽃과 여인들

꽃 가까이 서면
여인들도 꽃이 된다

아름다운 꽃
향기로운 꽃들

꽃향기를 맡으며
향기로운 꽃이 된다

꽃 가까이 서면
여인들은 아름다워진다

아름다운 꽃들
아름다운 여인들…

행복한 여인들이
아름답게 미소 짓는다

꽃과 나비

꽃이 그곳에 있어
나비가 찾아왔네

나비 가는 곳마다
따라 떠날 수 없는

꽃은 향기를 뿜으며
나비를 유혹했나 봐

꽃이 아름다울지라도
향기 없이 꽃이라 하랴

꽃은 항시 눈부시거나
조촐히 아름다워야 하는가 보다

떠날 수 없는 꽃의
가엾은 애환이여

과꽃

어느새 과꽃이 피어나
가을이 가까이
오고 있음을 느끼게 하네요

시골집 누이같이
정겨운 꽃 수줍게
웃음 보내고

봄이면 씨앗 뿌려
가을에 꽃을 피우는
일년초 꽃입니다

측천무후 울 할머니
과꽃을 무척이나 사랑하셔
손수 꽃씨를 뿌리셨지요

꽃을 좋아하시던 할머니랑
울 엄니를 닮아 나도
꽃을 좋아하나 봐요

과꽃의 또 하나의 이름은
배추국화 가을이 벌써
과꽃 속에 숨어 있네요

분홍 장미 2

그리움은 사랑입니다
사랑은 행복입니다
사랑이 행복하지 않다면
사랑이라 말할 수 없습니다

그리움과 사랑이 있는 곳에
따뜻한 미소가 있습니다
서로 사랑하며 마주 보는 눈빛은
밝고 온유하고 정겹습니다

아름다운 분홍 장미가
보내는 미소도 그리움과 사랑
행복함과 온유함
정겨움과 긍지입니다

연꽃

언제 보아도 아릅답다
천상의 여인 같다

때 묻지 않는 아름다움
마음을 정화시키네

꽃의 순수로 하여
말갛게 닦여지는 심성

연꽃의 미덕이다
곱디고운 꽃의 숨결

내 안의 오욕이 부끄러워
고개를 떨군다

도라지꽃

하늘나라의 별이었던 너
너무 무한한 하늘이 싫어
어느 날 하계로 뛰어내리고

하늘나라의 별모습 그대로
도라지꽃이 되었네
별빛처럼 파아란 도라지꽃

심산유곡 그윽히
외로움에 떨더니만
어느새 무리 지어 핀 모습

작은 바다 같고
아침이슬에 영롱한
별빛 같고…

지금은 외롭지 않은
내 작은 하늘나라의 별꽃
도라지꽃이여

호박꽃

사람들은 흔히들
호박꽃도 꽃이냐고
말들을 하지요

너무 소담하고
풍요로워 보이는 꽃

설영 산뜻한 이쁜 맛은
없어도 듬직하니
믿음직스런 호박꽃

꽃순도 먹고 잎도 먹고
열매 맺으면 파란 애호박
반찬이 되고

가을날 누렇게 익은
늙은 호박은 몸에 좋은
보약이 되지요

호박꽃이야 말로
참사랑 같은 꽃이라오

호박꽃도 꽃이냐고
흉보면 안돼요
진실로 사랑받아야 할 꽃이에요

수국

물빛 수국의 싱그러움
바람개비 닮은
예쁜 모습

탐스런 한덩이의
꽃뭉치가 너무
마음을 사로잡네

어찌하여 그대는
시간이 흐르면
꽃빛이 변하는지…

꽃의 마음은 변절을
의미하는가
꽃의 아름다움만큼

사랑받지 못하고
소외당하는
수국의 아픔…

꽃을 보는 마음은
끝내 안타까움
꽃이여! 외로움의 꽃이여

칸나여

오랜 유년의 친구 같은
꽃이여

초등학교 시절 화단 뒷쪽
조용히 서서 온종일

창문 너머 교실 안을
지켜보던 칸나

키 큰 너는 때로 한눈팔던
내 눈길과 마주치고

한낮의 졸음을 쫓아 주던
추억 속의 꽃이라네

칸나여! 새삼스레
그리움으로 다가온 꽃이여!

아름다운 시간

꽃 한 송이 피우려
시간은 거기 머물며

싹을 틔우고
잎을 피우고

아장아장 걸음마로
줄기를 뻗어
시간을 키웠네

어느 아침 꽃봉오리에서
미소를 날리는
꽃 한 송이…

맑은 햇살이 미풍이
설레이며 사랑을 보낸다

고운 꽃을 닮으려
눈빛은 꽃 언저리에서
노상 머물려고 하네

꽃을 사세요

마음이 우울한 날에는
꽃을 사세요

아름다운 꽃시장
셀 수 없이 많은 꽃들

이름도 알 수 없는
예쁜 꽃 향기로운 꽃들…

꽃들에 취해 어느새
행복해지는 마음

한 아름의 꽃을 안고
돌아오는 발걸음

밝고 맑은 미소를 지으며
나는 꽃이 됩니다

해오라비 난초꽃

하이얀 새 한 마리
날개를 펴고

꽃이 그리워
꽃이 되었네

고결하고 우아한
해오라비 난초꽃

순수한 사랑
순결한 마음 같아라

그리운 것이 있어
몽매에도 잊을 수 없는

드높은 꿈이 있어도
이제는 영영 날 수 없는

순백의 아름다운
해오라비 난초꽃이여

〈※해오라비: 해오라기의 방언〉

너무 아름다워서

장미여 장미여
너무 아름다워서
숨 가쁜 절규를 보내노라

그대의 향기에 취해서
혼을 빼앗겨
눈길을 뗄 수 없노라

내 사랑 장미 곁에서
아름다운 꿈을 꾸고
장미 곁에서 행복하네

그대 있어 오월이
눈부시게 아름다운 계절
사랑과 찬사를 보낸다오

너무 고혹적인 그대
장미여 장미여!
마냥 부르노라

잠자리와 장미

메밀잠자리
장미의 유혹에
흠뻑 빠져 버렸나

코끝 빠트리고
향기에 취해
비몽사몽

어여쁜 분홍장미
꽃잎 다칠까
안타깝네

벌 나비는 어디 가고
메밀 잠자리 홀로
장미를 탐하는가…

벌깨덩굴꽃

보라빛에 조금 미친 나
왠지 보라빛이 좋다
보라빛은 신비다

벌깨덩굴꽃도 신비다
난생 처음 만나는 들꽃
경이로운 마음으로 바라본다

우리 산하의 아름다운
들꽃들 우리들 마음까지도
아름답게 물들이고

자랑과 사랑으로 보듬어
자자손손 영원히 아름답게
피어 있기를 기원하리라

산목련

새하얀 얼굴 살며시
내밀며 무얼 생각하나

새악시 같은 수줍은 얼굴
곱기도 하네

새벽 이슬에 얼굴 씻고
산바람에 이슬 말려

수줍어하는 모습
살풋 미소를 흘리는가

산자락마다 순백의 산목련이
너무 아름답고 처연해

옹알이 하던 산새들마저
입 다물고 조용히 그대를 보겠네

갯까치수영꽃

태깔 고운 제주 바다
파도소리 들으며
곱게 피어난 갯까치수영꽃

현무암 바위 기슭에
뿌리를 내리고
초연한 모습으로 웃고 있네

제주의 갯바람 맞으며
그리도 의연한 자태
갯까치수영꽃이여

반짝이는 별빛을 머금은 듯
청결하고 아름답네
오늘밤 별과 함께 예쁜 꿈을 꾸려무나

그리움이 피었네요

1
그리움이 피고 있네요
남몰래 곱게 가꿔 온
그리움이 꽃이 되어

아름다운 꽃으로
피어난 사랑의 꽃이
되었네요

2
별빛과 이슬과 바람과
속삭여 온
옛이야기들

3
오래 숙성된 향기를
뿜어내며 저리도
고운 꽃이 되었네요

꽃이 아름다운 것은
말할 수 없는 그리움
때문입니다

4
바람이 불 때마다
흔들리는 꽃잎과 향기
오직 꽃의 몸짓은 그뿐입니다

언제나 한곳에
주저앉아서 고즈넉히
바라보는 세상

말없이 보내는 꽃의
그리움을 향기를
가슴 가득 사랑하렵니다

춤추는 꽃

꽃자색 치마자락 아래로
살며시 뻗어 나온 꽃술이

마치 춤추는 발레리나의
아름다운 다리 같네

꽃의 꿈은 아름다움일까
꽃이 춤추는 모습으로 피어나

가슴을 설레게 하는
아름다움이여

내 다시 태어날 때
아름다운 꽃으로 태어나랴

꽃이 주는 아름다운 위로가
마음의 빛이 된다

아름다워라 연꽃이여

1
너무 고운 빛깔에
혼을 빼앗겨요
연꽃을 보노라면
왠지 모를 숭고함에
마음 안 가득히
고요의 설레임이 일고

2
천상의 꽃이련가
탄성이 나오네요
궂은 흙탕물 속에
뿌리를 내리고도
그토록 어여쁜 꽃을
피워 내는 연꽃이여

3
연꽃으로 하여
잠시나마 내 마음
정갈하게 닦아 내며
세파에 절여진 문진
제다 떨쳐 내고
부질없는 욕심 다 버리리라

4
꽃이여 꽃이여
아름다운 연꽃이여
그대로 하여 오늘
내 진정 고운 품성을
가슴 가득 채우며
남은 삶 아름답게 살리다

등꽃 1

등꽃도 5월에 피었던가
이제는 나도 모르네
살아온 날이 아득하고
남은 날은 얼마 안 남아

어느 한 때 등꽃을 보고
보라빛 꽃빛을 인고의 빛이라 했네
슬픈 여인의 한恨
주절이 주절이 한으로 보이더니

이제금 눈빛도 변한 것인가
그저 그렇게 아름답게만 보이네
꽃이 너무 아름다워서 꽃과의
이별은 너무 서러울 것 같지요…

꽃과 인생

완벽한 인생이 있을까요
꽃의 아름다움은 가히
완벽함을 느끼게 합니다

한 송이 장미의
고혹적인 모습
한 송이 미완의 봉오리…

완벽한 모습에 취한
감동이 나를 행복하게 합니다
아름다운 꽃이여 꽃이여!

삶이 꽃으로 하여
사랑을 배우고
기쁨과 위안을 느끼게 합니다

노란 장미

노란 장미가 유혹을
보냅니다

사랑에 대한 유혹은
잠들지 않나 봅니다

나이를 먹어도
사랑은 나이를 먹지 않고

영원한 마음으로
사랑을 꿈꾸나 봐요

노란 장미의 고운
유혹을 받으세요

사랑은 감추지도 말고
멈춰버리지도 마세요

언제나 가슴 가득
사랑을 채워가세요

내 사랑 능소화

칠월이 무더워도 내가
능히 견딜 수 있는 건

소담한 능소화가 가득
피어 있기 때문이라네

의지할 곳 없으면 뻗어 갈 수
없어 큰 나무기둥 의지하고

줄줄이 뻗어 무성히
친근한 빛깔의 꽃을 피우고

환한 눈웃음을 보내며
내 가슴 포근히 안겨 오는

은근 슬쩍 아름다운
내 사랑 능소화여!

꽃의 세월

기다림으로 꽃망울 터지는
잠자코 기다리는
꽃의 세월

바람 부는 겨울 안에서도
끊어지지 않는
생명의 구토

기다림이 더 지성껏 꿈틀이다가
겨울바람을 저민
가쁜 숨결로

이제금 꽃망울이 터지는 소리
순연한 기쁨이
흔들리는 소리

목청을 잃어버린 새로 남아
굳어버린 침묵의
내 이웃들에게

어여쁘디 어여쁜 꽃 한송이
보내 드리오리다

목련이여

그윽함이 넘치어
봄을 우아하게 꾸미누나
목련이여

봄이 그대 곁에
머물러 있을 때
가장 황홀하고

그대가 떠난 자리에는
아쉬움이 뜰 가득
채워진다오

그대의 품위를
어느 꽃들이
대신할 수 있으리오

목련의 아름다움은
그윽함이 넘치는 우아한
그 품격에 있음이라오

개망초

온 산하 어디서나
피어나는 꽃
개망초꽃

나라 망할 때 돋아난
풀이라 하여 亡草라
이름하였다네…

망초와 개망초를
망국초라 하기도 하네

개망초 피는 6월이 되면
나라를 잃었을 때의 슬픔과
6·25전쟁으로 목숨을 잃은

수많은 전몰장병님들의
영령들이 온 산하에서
한으로 피어난 듯

하이얀 개망초꽃 서러워라
바람에 하느적거릴 때마다
호곡소리 들리는 듯 서러운
개망초꽃이여…

나무 백일홍

끈기와 열정의 꽃
나무 백일홍 그 이름
배롱나무라고도 한다네

꽃이 피고 백일간이나
고즈넉히 그 모습 그대로
아릿땁게 피어 있거늘

열정과 집념의 혼은
참으로 자랑스럽도다

엄동설한 백일해 앓고 있는
아가들에게 명약이
되기도 하던 나무 백일홍

사랑과 배려의 나무가 된
사랑의 꽃나무여

석달하고도 열흘을
사람의 마음속에도
곱게 피어 있다네…

달개비 꽃

청보라빛 달개비꽃
그 빛깔의 청초함이
마음을 설레게 하네

유려한 빛깔에 마음
빼앗기는 여자여

푸르고 정갈한 편지지 위에
사랑의 편지를 쓰련…

7월! 그래도 아름다운 계절
폭염 내려 쬐이기 이전의
신선함이 좋아라

눈부신 태양의 강렬함이 좋아
여름을 사랑했던
젊은 날의 열정이여

바다는 환상 속에서
아름답고 이제 작열하는
빛이 두려웁네

청보라빛깔 추억 같은 꽃이여
꽃으로 하여 아름다운 유년의
꿈을 꾸고 싶어라

분홍빛 동백꽃

분홍빛 겨울 동백꽃
벙글어 수줍게
웃는데…

동백 기름에 곱게 빗어
쪽진 어머니 모습
그리워지네

어렵던 시절
아픈 역경 다 참아오신
우리네 어머니…

찬서리 눈보라
속에서도 꿋꿋이
피어난 동백꽃

인고의 열정
선연한 분홍빛 미소가
어머니처럼 고웁기도 하네

은방울꽃

올망졸망 예쁜 은방울꽃
아기방울 같네

소슬바람이 불면
뎅그랑 뎅그랑

방울소리 울릴 것 같은 환상
향기를 뿜고…

하이얀 날개를 달아
푸른 하늘 높이 날아 오르리

오묘히 빚어 놓은 모습
어여쁜 사랑을 보내네

나무는

나무는 언제나 하늘을 보며 기다린다네

비가 오면 비를 흠뻑 맞으며

눈이 내리면 눈을 온몸으로 받으며

나무는 나무는 누굴 기다릴까

나무가 외로울까 그 한켠에 놓여진

작은 두 개의 벤치…

나무가 외롭지 않게 그대와 나

그대와 나 외롭지 않게 나란히 앉아

저 굳건한 나무와 함께 하늘을 보며

아름다운 삶을 살아가리…

꽃기린

요로코롬 예쁘게 생긴 입술 보셨나요
꽃기린 꽃모습은 마치 섹시한
여인의 입술 같아요

뽀뽀라도 하면 기분이
좋아질 것 같은…
너무 야한 표현입니까

줄기엔 단단한 가시가 촘촘히
박혔지만 일년내내 꽃을 피우는
갸륵하고 사랑스런 꽃기린…

때로 너무 사랑스러워
뽀뽀를 해 준답니다
뽀뽀뽀뽀… 다른 꽃들이 질투할까

한참을 미소띠며 뽀뽀를
하고 나면 내 마음까지도
활짝 웃고 있지요…

꽃 3
———
여인의
향기

산수유꽃

봄이 그대의 작은 꽃속에
숨어서 찾아오네

너무 수줍어서 얼굴 감추이고
살그머니 찾아오는 봄

꽃샘바람에도 살짝
작은 미소만 보낼 뿐…

미동도 않은 채 봄의 첫손님
설령 아름답다고는 감탄할 수 없어도

오밀조밀 작디작은 꽃들이
봄소식을 전하네

고맙기도 하여라
작은 산수유꽃이여

어느 해에 만나도 반가운
봄날의 첫 전령이여…

목련

그대가 미소 보내던 날
환히 가슴이 불을
밝힌 듯 밝아오네

우아하고 품위 있는
여인 같은 꽃이여…

봄이 아름다운 건
목련이 피는 까닭

어느 때 만나도
기쁨과 행복 같은
맑은 미소 넘치고

봄이 닿는 길목 어디서도
빛나는 목련이여…

사랑하고 사랑하고
아름다운 빛이어라!

아름다운 이별

자목련 흰목련 정답게
피어 있누나

봄이 목련꽃 위에서
만개하고 돌아서 가 버리는 날

몸저 누운 목련 꽃잎들
가슴 저미듯 안쓰러워라…

꽃이여 꽃이여
영원한 것은 어디에도 없고

봄날이 가면 여름 오는 것
자연의 순환 따라

이별도 아름다우리다
다시 그대들을 기다리는

긴 밤과 낮의 그리움
기다리고 기다리리라…

꽃은 어디에 있어도

꽃은 어디에 있어도 아름다워
전신주의 내 키만큼의
높이에서

꽃이 있어 아름다워진
도시의 풍경 페츄니아 꽃이
수줍게 미소 지으며

세상을 내려다본다
꽃을 쳐다보며
행복해하는 사람들…

무심히 지나가는 사람
꽃은 온종일 그렇게
미소를 보내고 세월을 보낸다

씨앗 하나 떨구며
말없이 생을 마감하는
아름다운 꽃이여…

꽃으로 하여 행복한
우리의 유연한 삶
꽃은 어디에 있어도
변함없이 아름다워라

꽃으로 말할래요

슬프면 꽃에게
말하세요

꽃이 아름답노라고
아름다운 꽃을 보고
있노라면 행복하다고

삶이 때로 벅찰 때나
기쁨이 넘칠 때도
꽃에게 말하세요

하늘에 반짝이는
별빛은 멀리 있지만
꽃은 언제나 곁에 있네요

꽃이 아름답노라고
아름다운 꽃으로 하여
위안과 감사의 마음이 되는

인생의 긴 여정길이
외롭지 않노라고
꽃으로 말할래요

꽃무릇

꽃무릇도 무심하여라
이름 모를 부도탑 곁에서
어여쁨을 자랑하누나

일백 년을 못다 채운
인생살이 이끼 돋은 부도탑은
수백 년을 자랑하네

사람아 사람아
착하고 아름다운
마음으로 살자구나

한평생이 그리 긴 세월도
아닌 것을 흐르는 강물처럼
푸른 하늘 흰 구름이듯

순리를 따라 욕심일랑 버리고
마음 가는 대로 한마음 순백으로
깨끗이 살다 가자꾸나

꽃이 피면

그 꽃이 피면
웃으렵니다

세상에서 가장 작은 꽃
그 작은 꽃이 피면
난 활짝 웃으렵니다

소담하고 탐스런
아름다운 꽃이 아니라
아주 작고 조밀한 이름 모를 꽃…

가녀리고 연약한 그 이름 모를
꽃으로 하여 내 마음속에서도
순수히 피어나는 작은 꽃이 있어

그 작은 꽃으로 하여 행복할 수
있을 것 같은 믿음으로 하여
그 작은 꽃이 피어나기를…

흰 모란

흰 빛깔의 모란이 내겐 낯설다
붉은 색 아니면 분홍빛에
익숙했었다

모란에는 향기가 없다는데
벌들이 날아든 건 꿀을
따러인가

꽃이 커서 탐스러운 모란
활짝 웃고 있는 모습은
풍족함이다

화단 한쪽을 넉넉히 차지하고
피어 있는 모란을 보면
잎들도 풍성하니 멋스럽다

흰 모란이여
오늘 만나 더 정겨운
꽃이 되누나…

꽃의 하소연

꽃이 바람에 떨어지면서
소리 없이 울고 있는지 모른다
만물의 영장이라 하여도

자연의 이치를 알 수 없고
자연과의 교감을 느낀다고
자부하여도 그건 자신의 생각…

꽃이 바람에 날려
떨어지면서 소리치는
비명도 있으리라

다만 내가 모를 뿐
알아 들을 수 있는 교감도
깨달음도 없기에…

꽃이 바람에 떨어지면서
낙화하는 슬픔을 함께
느끼지 못하면서

꽃의 외형에 취해서
아름다움과 향기에만 취해서
꽃을 사랑한다고 할 수 있으랴…

꽃이 낙화하면서 보내는
하소연에 귀 기울여
교감할 수 있다면 너무 좋겠네

박태기나무 꽃

잎도 제 피우기 전에
그리도 급했던가
박태기나무 꽃이여…

고운 꽃분홍 빛깔 꽃들을 매달고
봄을 알리려 그리도
분주히 달려왔는가

유년시절에 만났었지만
이름도 모르는 채
수십 년을 보냈던 꽃…

마흔 해도 더 보내고서야
너의 이름을 알 수 있었던
묘한 꽃이라네

다만 저 꽃은 서양에서
온 꽃이려니 정감도 느끼지 못했던
박태기나무 꽃이여

서른 해 전쯤 아파트 생활을
하면서부터 눈에 아주 익숙한
봄꽃이 되었네

물난초

다섯 살도 되기 전에
보았던 그 꽃을 혼자서
물난초라 이름하지요

산비탈 양철지붕 작은 집에서
태어나 다섯 살이 될 때까지
살았던 첫 번째 우리 집

할아버지 할머니 아버지 어머니
삼촌 숙모 막내고모 막내삼촌
큰 언니 작은 언니…

그때도 식구가 많은 편이지요
마당을 지나 샛길을 따라 내려가면
맑은 물이 흐르는 작은 개울

내가 이름 지은 파란 물난초
예쁜 그 꽃들이 개울가에
많이도 피어 있었네요

물풀들이랑 졸졸졸 흐르는
개울물 소리 무척이나
싱그러웠던 정경…

잊을 수 없는 꿈결 같은
느낌으로 지금도 다가오는
내가 태어났던 곳

낮은 산기슭 양철지붕
그 작은 집과 개울가의 파란 물난초의
기억을 아직도 잊지 못하네

꽃천국

이제 4월은 꽃천국이 되었어요
산수유 목련이 피고 이내 벚꽃이 피더니
어느새 지고 산책길에 만난 꽃들

철쭉꽃이 피고 영산홍 라이락
명자꽃까지 활짝 피었고
모란꽃도 봉오리를 부풀리고…

앵두꽃, 복사꽃, 박태기나무꽃도 피어나고
화단가엔 노란 민들레랑 보라빛 제비꽃
좁쌀보다 작은 이름 모를 들꽃까지도

4월 중순이건만 어느새
초여름 같은 한낮의 기온
이제 4월은 꽃들의 아름다운 천국

온갖 나무들의 파란 잎새들까지
속삭여 오는 듯 왠지 모를 설레임이
정녕 내 환희의 꽃천국이여!

순백의 감동

순백의 우아한 연꽃에
내 마음 매료되다

너무 순수하여 무어라
표현할 수 없는 감동

한 송이 연꽃이
피어나는 순간의 정적

아침 이슬의 영롱함
바람이 스쳐가는 나부낌

자연의 알 수 없는 신비
아름다운 꽃이여

내 마음 깊은 감흥이
순간 숨을 멎게 하다

능소화의 끈기

은근슬쩍 고운
능소화의 매력이

날이 가도 변함없는
끈기를 보이고 있다

이전엔 미처 느끼지
못했었는데 벌써

석 달째 끊임없이
꽃을 피우고 있다

백일을 핀다고 하여
백일홍 나무가 있지만

소담하고 친근한 능소화의
끈기가 새삼 놀라웁다

내 사랑 능소화여
네가 있어 9월이 더 정겹다

아름다운 세상 2

철따라 피어나는 꽃이 있어
세상은 참 아름답습니다
우울하거나 심신이 피로할 때
꽃을 보네요

삭막한 겨울철 꽃을 볼 수 없다면
꽃시장 나들이를 하세요
수십 가지의 아름다운 꽃들
이름은 죄다 알 수 없어도

황홀한 빛깔로 향기로
서로서로 보듬고 모여 있는 꽃들
감탄과 미소가 제절로
입가에 스쳐 지날 거예요

그 많은 꽃들 중에 젤로
마음을 사로잡는 꽃 한 다발
가슴에 안고 돌아오는 길
집으로 돌아오는 길은

향기롭고 아름답고
행복한 마음
그대의 마음은 온통
사랑일 거예요…

철따라 피어나는 꽃이 있어
세상은 참 아름답습니다
우울하거나 심신이 피로할 때
나는 꽃을 봅니다

영원할 수는 없는가

뽀루퉁 입 다문
너무나도 아름다운
연꽃이여

그대의 아름다움이
너무 사랑스러워
마음을 움켜잡노라

꽃잎을 열고 그대의 마음도
활짝 열어 아름다움을
감동케 하라

신이 내리신 빛깔
신이 다듬으신 고운 자태
영원할 수는 없는가 연꽃이여…

솔나리

곱기도 하여라
분홍 빛깔이
내 마음을 훔치고

야생화를 찾아
산을 오르는 이의
마음을 충만케 하였으리

곱고 고운 솔나리여
내 이제껏 그대만큼
싱그러운 자태

어여쁜 빛깔 본 적 없기에
사랑스런 마음
오래 오래 간직하리라

그리운 할미꽃

유년시절 뒷산엔 할미꽃이
지천으로 피어 있었다

그 많던 할미꽃은
다 어디로 가고

흔히 볼 수도 없는
귀한 꽃이 되었을까

한국적 정서가 가득히 담긴
할미꽃의 유래가 새삼 가슴에 저며든다

할미꽃을 따서 풀각시
족두리를 만들어 주고

하얗게 늙어 버린 할미꽃
머리카락 비벼 공을 만들던

그 먼 기억들이 마치
엊그제 마냥 그립고 아름다워라

할미꽃이여! 우리의 산하에서
오래오래 아름답게 남아 있기를…

이팝나무꽃

유성에 가면 이팝나무 가로수가
순수하고 청결한 느낌을 줍니다

청정 유성 멋진 유성의
이미지에 아주 걸맞은

깨끗하고 살맛 나는
아름다운 도시 유성

오월에는 이팝나무
눈꽃축제가 열리나 봐요

그림을 그리는 다정한 친구가
살고 있어서 몇 번이나 들렀던…

지금 이 순간도 이팝나무
꽃향기가

코끝 스치듯 달콤한 향기를
느끼게 합니다

봄까치풀꽃

들길 논둑길을 걷다가 귀엽고 앙증맞은
봄까치풀꽃을 만난 적 있을 거예요

이름은 몰라도 예쁘고 귀여움으로
발걸음을 멈춘 적 없나요

때로 작은 것이 더 아름답고
정겨운 사랑스러움을 느끼게 하지요

하늘빛 물색이 너무 곱기도 하지요
하이얀 아기별꽃을 닮기도 하고

노란 금매화를 닮은 것 같기도 한
사랑스러운 봄까치풀꽃

오늘 그대를 만나서 너무 반가워라
오래도록 들길 논둑길 가득 어여쁘게 피어 있으렴

위안의 꽃이여

보는 것만으로 행복한
아름다운 꽃이 있어
어수선한 슬픔들을 떨쳐보네

무엇 하나 순리로
이루어지는 것 없는 선량님들
치고받고 날기까지 하는 모습

희망을 버린 뉴스시간은
너무 안타깝고
드라마는 막장에 지쳐 있다

그래도 '찬란한 유산'은
한가닥 위안이었고 이제는
곱디고운 꽃들에 취해보랴

철마다 달리 피어나는
꽃들만 보고 살랴
청결하고 아름다운 위안의 꽃들이여…

가재발선인장 꽃이여

꽃이여 꽃이여
가재발선인장 꽃이여!

네가 춤추며 날아가는 날
나도 춤을 추며 날아가리라

연연한 고운 빛깔도
빛깔이려니

춤추듯 날아갈 듯
그리도 사랑스런 자태…

처음 만나는 해후가
이리도 나를 행복케 하네

연잎

청청하니 싱그러운 연잎에
마음을 빼앗기다

청초한 연꽃의 맵시도
무척 아름답거니와

풍성한 초록빛 연잎의
넉넉함이 마음을 끌어가네

꽃과 잎이 한데 어울려
표현할 수 없는 경이로운 감동

눈과 마음을 유연한
희열로 가득 채워주네

사무침

꽃이여!
아름다운 꽃이여
꽃이 좋아 사노라네

세상의 일 다 어수선해도
한결같은 고운 자태
세상의 꽃들은 죄다 어여뻐라

외로울 때 슬플 때마다
꽃들만 모여 있는 곳으로 가서
꽃이 주는 향기랑 태깔 고운

꽃들의 자태에 취해 보라
잠시라도 잡다한 상념들 버린 채
마음의 여유를 느껴 보리니

사노라면 진정 잊을 날도
있어야지요 사무침도 잊고
미움도 그리움도 잊어야지요

아름다운 꽃만 보면서
꽃향기에 취해
세상의 사무침 죄다 잊으리라

목련이 피었는데

목련나무가 등불을 켰다
세상의 봄을 환히 밝힐
등불을…

허나 사람들 가슴마다
봄이 활짝 피기엔
주위가 너무 삭막하다

잦은 눈과 비
고루지 못한 날씨 탓인가
움츠리고 있는 잎새들

사람들 마음마저도
위축되어
여느 봄 같지 않는 쓸쓸함

예기치 못한 서해 백령도
앞바다의 엄청난 참변
4월의 잔인한 슬픔이련가…

유채꽃 길

강물따라 유채꽃이 흐른다
꽃따라 흐르는 길이 아름답다
마음도 꽃을 닮아 아름다우리

물빛 고운 강물 위에
살풋 내려앉은 봄빛이여
가슴 설레게 하네

봄따라 강물따라 꽃따라
흘러가는 인생
늘 봄만 같아라

봄만 같아라 눈 감아도
눈 속에서 흐르는 아름다운 꽃길
오늘 하루는 줄곧 꽃길을 걷고 싶어라

금낭화

어여쁘기도 해라
조롱조롱 매달린 모습으로
누가 빚은 솜씨런가

울엄니 고운 솜씨인들
요렇게 예쁜 모습으론
꽃수로도 못 놓겠네

따뜻한 봄볕에 곱게 물든
사랑스런 복주머니
몇 개 따다 손녀에게 달아 주랴

봄이면 우리네 산하 곳곳에
어여쁜 꽃 금낭화 피어 있어
봄빛이 한결 더 정겨워라

동자꽃

애련하다 동자꽃이여
어린동자승의 홍조 띤
뺨을 닮았는가
고운 동자꽃이여!

기다림에 지쳐
돌이 되기도 하였거늘
여린 가슴의 맺힌 슬픔 어이하여
꽃으로 피었던가!

아슴한 꽃빛깔 가슴을
어루이고 심산유곡
찾는 이 없어도 슬퍼마오
한 번 보아도 잊지 않으리다!

사랑의 빛깔

그리움 같은 그 연연한
빛깔에 마음 저미어

고이 접어 가슴 깊이
남몰래 간직한 사랑의 빛깔이
그리도 애잔할까

이슬에 촉촉히 젖은
꽃의 수줍음을 보듯
잔잔한 여운으로 가슴 떨리는

연분홍 빛깔은
누구의 마음이련가…

장미 예찬

너무 아름다워서
너무나도 아름다워서

장미여 장미여
그대 사랑스러워라

꽃 한 송이의 아름다움이
마음을 사로잡아

잠 못 이루는 밤
그대를 그리워하리라

꽃 한 송이의 의미로 하여
삶이 아름다울 수 있는 신비

장미여 장미여
우월한 아름다움이여

그리움의 꽃이여

살며시 너에게로 가서
입맞춤하리
그리움의 꽃 목련이여

봄빛 머금은 황홀함
애틋한 눈부심의
순연한 빛깔로

가슴 깊숙히 스며드는
사랑의 느낌
너는 나에게 애련함이네

마지막 눈물처럼
뜨겁게 왔다가 스산한
몸부림으로 떠나는

그리움의 꽃이여
사랑의 숨결이여
긴 기다림의 여정이여

쥐꽃

너무 예쁜데 잘못된 건 아닌가
구절초를 너무 닮아서

구절초는 파란 빛깔
쥐꽃은 새하얀 빛깔

깨끗하고 소박해서
오히려 눈부시다

처음 이름 부른 이여
무슨 의미로 쥐꽃이라 불렀나요

꽃의 이름 처음 부를 수 있었다면
정갈한 소금꽃이라 하겠네

꽃을 보며

수줍어서
피지 않은 연꽃처럼
수줍어서 할 말도 못하고

가버린 세월의
그 뒤안길에서
눈물만 흘렸던 어리석음

얼마 남아있지 않은
시간의 보석 같은 소중함
아름다운 꽃을 보며…

그래도 고운 미소 지으며
사랑하는 마음
행복한 마음으로 살리다

물매화 1

앙증맞은 하얀 물매화
다섯 닢의 꽃잎은
별모양 닮고

서로서로 모여 의지하니
정겨웁고 더 사랑스럽다

도란도란 속삭이는
물소리 들으며
정갈한 모습으로 피어나

지나는 이들 외로운 마음
달래이듯 고운 미소 띠우고

바람소리 구름 흘러가는
세월 바라보며
물매화 곱게곱게 사랑을 피우고 있네

동백꽃 2

오 수줍게 얼굴 붉힌 동백이여
그대를 기다려 긴 겨울의

삭막함과 우울도 꿈이었노라
붉게붉게 타오르기 위해

그대는 또 얼마나 설레였나
어여쁘디 어여쁘게 단장한

그대의 아리따운 모습이
가슴 깊숙히 파도를 일구네

배꽃

제주에서 보내온 배꽃향기가
떠나있는 친구를 그립게 하는데

흰 눈의 요정이 배꽃을 닮았으련
눈부시게 하얀 배꽃의 정결함

봄은 어느새 배꽃 가득 피우며
우리 곁으로 성큼 다가왔네

하루가 다르게 변하는 봄의 눈빛
카멜레온 같은 봄의 빛깔들

새 계절의 기쁨과 사랑 그리고 꿈
봄날에 취하는 이 황홀함이여

풀솜대꽃

하얀 풀솜대꽃과
처음 눈이 마주친 순간

사랑스러움과 깨끗함이
마음을 끌어갔어요

나에게로 첫 순결함으로
다가온 풀솜대꽃

언제 우리의 산하에 핀
야생화의 이름을 제다 알랴

때로 신비롭고 너무 아름다워서
감탄하기도 하는 야생화들

아기자기 올망졸망하게 핀
사랑스런 풀솜대꽃이

오늘 마음 사로잡아
나도 모르게 살폿 미소 지어요

여인의 향기

사랑스런 꽃이여
어디 사랑스럽지 않은 꽃이
있을까마는

늘 장미를 예찬하였건만
오늘 유난스레 고운 네 모습에
한없이 매료당하고 말아

지금 그대로의 어여쁨이
너무 사랑스러워라
밝고 화사한 꽃의 미소

때로 우울할 때
아름다운 꽃이 주는 위안을
잊을 수 없다네

꽃이여 너는 사랑하는
여인의 매혹적인 향기다
빛나는 튤립이여!

꽃이 핀 숲길

보라빛꽃 빛깔에는
묘약이 숨어 있어

사람을 취하게 하는
아스라한 꿈빛이 있어

사랑하는 이들
그윽이 바라보며

보라빛꽃 숲길을 걸으면
너무 행복하겠네

코끝 스치는 향기에 취해
너무 사랑하겠네…

꽃의 온정

아름다운 꽃을 주심은
사랑이십니다

더불어 향기를 주심은
더 큰사랑이십니다

삶이 때로 아픔일때
슬프고 고달픔일때

꽃은 위무입니다
하늘이 주신 온정의

크낙한 은혜로움입니다!
감사한 마음 드리오리다…

꽃 4

꽃으로
다시 피랴

코스모스

가을 바람에 한들한들 춤추기 위해
코스모스는 그토록 갸날픈

긴 꽃대 위에서
어여쁘게 미소를 흘리고 서 있다

가을바람이 불어와 코스모스의
뺨을 간지릴 때 코스모스는

가장 아름답게
가을 속으로 황홀하게 녹아든다

꽃 숲에서

보라빛 꽃 숲에서
그대를 그리워 하리라
보라빛 그리움으로
가득 채워진 시간들 속에는
잠재워 온 많은 시간들이
속삭이며 그리움을 얘기한다

삶의 어느 한순간도
잊지 못하고
잠들 수 없는 그리움으로 하여
눈물 보이던 기억들
꽃은 어느 순간 아름다울지라도
그리움을 지울 수 없네요

꽃을 보는 마음

꽃을 좋아하지요
꽃이 있어 행복한 마음

손톱보다 더 작은 꽃이라 해도
꽃은 사랑스럽습니다

요즘은 사시사철 언제나
꽃을 볼 수 있어

수많은 날들의 무료함 속에서
꽃은 아름다움과 사랑을 줍니다

한 송이의 장미를 사고도
부끄럽지 않고

한 아름의 꽃다발을 살 때의
끝없이 행복한 마음

입가에 넘치는 미소
마음은 사랑으로 가득찹니다

홍매

오 그립다 말하지 않기
곱디고운 홍매화 향기에 스민
옛 기억들…

살 에이는 겨울밤
휘몰아치던 찬 바람 다 잊고
아리따움이 눈부셔라

홀로 외롭게 지샌 밤
별들이 흘리는 맑은 눈물
이슬이듯 목마름 축이고

네 고결한 모습
타는 열정이 이리도 곱게
내 가슴을 파고드는가

홍매여 어여쁜 홍매여!
그립고 그리운 정
목메이듯 애잔함이여

눈꽃이 되어

흐드러지게 활짝 폈던 벚꽃들이
어느새 눈꽃이 되어
휘날리고 있네요

그 꽃잎 밟으며
산책하는 마음은 왠지
애련한 마음입니다

열흘도 못 넘기고
낙화하는 꽃의 애환
기다림만큼의 아쉬움이…

바람 같은 꽃이여
또 한 해의 봄은
스러져 가고

다시 한 해의 긴 기다림은
가슴속 깊은 곳에서
살며시 되살아나겠지요

동백꽃 3

여리고 아픈 가슴
분홍빛 동백꽃으로 피었나

날 선 바닷바람에
할퀸 뺨언저리 그 멍울

감추이고 감추어서
수줍은 빛깔 곱기도 해라

나는 죽어서 꽃이 되고
꽃이 되고… 아님

시린 겨울 밤바다 어우르고선
푸르고 튼실한 꽃나무가 되랴

눈바람꽃

순백의 곱디고운 눈바람꽃
그 순연한 빛깔에 스치는
바람은 무슨 빛깔이련지…

살풋 고개 숙인 아련함이
마음을 설레게 하네

은은한 달빛 비추이는 밤이면
더욱 애련한 눈바람꽃

비가 내리면 눈바람꽃의
가녀린 울음소리 들리는 듯…

꽃이여 꽃이여 눈바람꽃이여!
한 잎 두 잎 이별을 슬퍼하겠네

정향풀꽃

하늘 위의 애기별
풀잎 그리워
살포시 내려앉았나 보다

금세라도 향긋한 향기 내품듯
연연한 흰빛깔이 눈부셔라
정향풀꽃이여…

바람 불면 곧장 돌아가는
바람개비 되어
날아갈 것만 같아

내 마음 못내 두려움이듯
떨려오는 두근거림
어여쁜 정향풀꽃이여 듣는가…

영혼의 꽃

그대여
영혼의 꽃을 아세요

영혼의 꽃은
다 피지도 않고 지지도 않는
영원한 꽃입니다

너무 순수해서 눈이 먼
여인의 가슴에만 피는 꽃입니다

사랑을 꿈꾸는 마음
그 하늘 그 땅 위 그대 가슴으로 가서

영원히 지지 않고 제다 피지 않는
영혼의 꽃으로 살고 싶습니다

깽깽이풀꽃

그리도 고운 보라빛으로 단장한
어여쁜 깽깽이풀꽃이여
봄소식 전하려 달려온 모습이
너무 사랑스러워라

삭막한 긴 겨울의 울울함을
단박에 씻은 듯
고운 빛깔에 취해 눈웃음과
살풋 입가에 미소 흘리네

겨울 봄 여름 가을 사계절의
순환이 있어 더 아름다운 봄
그 메마르고 얼었던 지표를 뚫고
솟구쳐 오른 새 힘 생명력이여

네 단아한 빛깔 어여쁨으로 하여

봄은 유려해지고

나는 꿈꾸는 미래를 생각하리라

고운 꽃이여 어이해 깽깽이풀꽃이라 불렸을까…

애기중의무릇

너는 왜 누워 있니
애기중의무릇이라고…

쬐그만 애기 같은 꽃이어서
봄바람에도 힘없이 쓰러졌니

너를 만나는 순간
너무 가엾은 마음

앉지도 못하고 서지도 못하는
아기 같은 생각 나더구나

그 어떤 예쁜 꽃보다 더
마음을 사로잡아

애기중의무릇 꽃이여
여린 노오란 빛깔마저

내 유년의 철없음을
연상케 하누나

등꽃길

보라빛 등꽃길이
내 꿈꾸던 꿈길 같아라
두 눈을 감으면 눈 속에
떠오르는 환상의 길

보라빛 꽃향기에
영혼을 싣고
알 수 없는 곳으로
먼 여행을 떠난다

미지의 세계가 두려울지라도
환상 속의 꿈길에서는
오직 아름다움에 취해
두려움을 잊으리라

보라빛 등꽃의 아름다움이
그 누구일지라도
사랑하는 마음 꿈꾸는 마음
아주 가만히 취해 가리라

붉은 모란꽃

모란꽃은 내 작은 언니의 얼굴
열세 살에 하늘나라로 떠난
작은 언니의 얼굴이
모란꽃 속에서 상기된다

동그스럼한 얼굴에
소견스럽고 성품 느긋했던
작은 언니…

인형 만들기를 무척 좋아했고
커서 제2의 이준례 여사가
되겠다던 야무졌던 꿈을 끝내
피우지 못하고 떠나버린

붉게 아름답게 소담스레 핀
모란꽃을 보노라면 내 작은 언니가
한없이 그리워진다

※ 이준례(인형연구가)

백화등꽃

바람이 불면 바람개비 되어
날을 것만 같은 백화등꽃이여

순백의 깔끔한 빛깔이
가슴에 스며들어

담박에 순결한 마음 되는 듯
그 순수한 모습에 매료되네

보면 볼수록 묘한 모습의
잊히지 않는 백화등 꽃이여

일흔 해를 더 살면서도
그대를 만난 건 처음이었으니

참으로 희귀한 보석 같은 꽃인가
나는 야생화의 문외한이었던가…

수련꽃

물 위에 동그라미를 예쁘게
그리고 있는 수련잎 사이로
분홍빛 고운 수련꽃

잎은 그리도 많은데
한 송이의 꽃이
외로움을 떠올리게 하네

때로 바람이 불어와
고운 수련꽃을 간지르다
살며시 떠나가고

물 위에 떠돌던 세월은
이제 여름을 떠나보내고
소슬한 가을을 맞이하나 봅니다

보라빛 산수국

보라빛 보석이 되어
빛나는 산수국 7월 더위에
더욱 청량하고 신비로운 빛깔
어여쁘기도 해라

산바람 불어와 곱게도 빚은
솜씨이련가
연연한 빛깔이랑
마음까지 헤집어오는 아련함

그 산기슭 보라빛 고운
산수국 피는 곳
언제인가 꿈속에서라도
다시 찾아가고 싶어라

타래난초

이제는 아주 오래된 이야기
여든 다섯의 울 큰언니
열아홉 살 시집가려 날 받아 놓고

원앙 벼개모랑 시어머님 드릴
비단주머니에 꽃수를 놓을 적에
곱디고운 명주실타래 이쁘기도 했었는데

타래난초 첨 보는 순간
어찌도 그리 닮았는지
가슴으로 와 곱게 안기네

고즈넉한 산속에서
타래난초를 만났을 때
얼마나 기뻤을까

아련한 옛이야기
봄아지랑이 마냥 피어나 눈시울
적실 듯 그리운 옛일 더듬게 하네

꽃감상

그냥 봐 주세요
눈으로
마음으로 봐 주세요

말하지는 마세요
꽃이 아름답다거나
그렇지 않다거나…

마음으로만
마음속으로만
가만히 속삭이세요

은밀하게 자기만이
느끼는 목소리로
사랑하는 마음으로…

물매화 2

누구의 영혼이련가
물매화 한 송이 피어
온통 가슴 설레게 하는
그리움이여!

작고 조촐한 맵시
내 마음 깊숙히
물결로 젖어 오는
어여쁨이여…

무슨 꽃이었을까

꽃이라면 다 좋아하지요
그냥 좋아함이 아니라
아주 사랑합니다

전생에 꽃이었을까
무슨 꽃이었기에
예쁘지 않아도 키가 큰…

생각해 보면
해바라기 꽃이었으면
참 좋겠다

아름답거나 예쁘지 않아도
왼종일 해를 바라보는
끈기가 있고

그 둥근 얼굴엔 가득
씨앗을 품고 사람에게
도움을 주기도 하는

그래도 유익한 꽃 아닌가
내가 전생에 해바라기
꽃이었다면…

세상에서는 꽃을 사랑하는
키만 큰 여자로
태어났나 보다

꽃에게 2

그대가 말 없을지라도
알게 합니다

고운 매무새
웃음 짓는 미소와 향내

보는 이의 마음속에
온갖 의미를 전합니다

닫힌 마음도 그대 곁에 서면
설레이게 하는

외로움도 망각케 하는
온유함이…

그대만의 고운 채색
세세한 모습 소소한 향기

향기가 없어도 또 다른
의미가 전해집니다

이른 봄 그렇게 피어나
어루이는 위안이 있어

아름다울 수 있는 삶
그리움까지도 피게 하는

꽃이여!
꽃이여! 사랑을 주네…

겨울장미에게

가시가 있다 한들
어떠리오

아름다움과 향기로움이
으뜸인 것을

조금은 오만한들 어떠리오
가시만큼 아플지라도

사람의 마음을
사로잡을 수 있는

고혹적인 겨울장미여
그대의 어여쁨이 너무 좋아서…

이름 모를 꽃이었네

말 없음의 미덕으로
아름다운 얼굴이여
바람에 실린 네 향긋한
체취로 취하게 하는가
밤하늘 이슬로 하여
목마름 축이고
어느 동화 속의 옛이야기 같은
전설을 품었던가
곱디고운 모습 그리움처럼
잊지 못하는 애잔함까지도
파도 위에 묻힌 눈물이다
꽃이여! 너는 정녕 그리움이다

붓꽃

청보라빛 붓꽃이 싱그럽다
붓꽃이 활짝 피기 전
그 모습이 붓을 닮아
붓꽃이라 하였던가

내 기억 속에 떠오르는
붓꽃의 아련한 모습…
다섯 살도 되기 전 내 태어난
그 옛집 앞 흐르는 도랑 곁
무리지어 피어 있던 그 붓꽃들

잊으려 해도 잊혀지지 않는
먼 유년의 빛나는 기억
청보라빛 붓꽃을 볼 때면
양철지붕의 작은 옛집까지도
그리움이 되어 마음을 젖게 하네

〈※ 혼자서 물난초라 이름 불렀던 꽃〉

꽃으로 다시 피랴

다시 태어나면
꽃으로 피고 싶다

한번 피면 한 오백 년
지지 않는 전설의 꽃으로

이 세상 어디에도 없는 꽃
그런 꽃으로 피어나고 싶은 욕망

욕망이 너무 크면
폐멸하기 쉽다는데…

어이 그런 망발의 꿈을 꾸냐
어리석은 여인아

그래도 꿈은 꿈이다
정녕 망상이라 할지라도…

다시 태어나면 한 오백 년쯤의
지지 않는 전설의 꽃으로 피고 싶네

철쭉꽃

그리도 선명한 꽃빛을 띠우고
곱게 피어난 철쭉꽃이여
봄이 그리워 먼 꽃나라에서
달려왔느뇨

어느 때 보아도 반가운
정겹고 그리운 고향 뒷동산
유년의 친구를 만난 듯
오늘 사랑이네

꽃 한 송이

철늦게 홀로 핀 꽃 한 송이
노란 가녀린 나리꽃
한 송이…

긴 낮잠에서 깨어나 보니
늦가을이었나 보다

탄천길에서 만나
발걸음을 멈추고
눈빛으로 너를 어루이다

가엾은 마음
가던 길을 가고 마네…

꽃이여, 꽃이여

꽃에는 사랑이 있어
꽃을 바라보는 순간
흠뻑 사랑에 취한다

유년이었을 때도
꽃은 나를 사랑하게 하고
사랑으로 하여 모든 이들에게
미소를 보내게 하는

감사와 기도하는 마음이 되고
나를 외롭지 않게 하는
그 향기로움이 가슴 가득
꿈을 피우게 했네

꽃이여! 꽃이여!
아름다움으로 하여
행복한 마음이 되는 마법이여

목련이 지는데

귀부인처럼 우아하던 목련꽃이
비바람 맞고 떨어져 내린
모습은 아! 슬픔이다

목련꽃이 피는 계절이면
마음속 기도 목련이 피는 동안
비가 내리지 않기를…

올해도 소용없이 비가 내리고
목련꽃은 가차 없이 떨어져 안쓰러운
겨우 열흘이었네

그 아름다운 자태 우아함이
초라한 여인네의 몰골로
떨어져 뒹구는 모습…

꽃의 생명이 너무 짧아
겨우 열흘을 눈부시려
그 긴 겨울을 매서운 바람을⋯ 이겨냈는가

목련꽃이여! 목련꽃이 지면
내 한 해의 아름다운 봄은
가버리고 말아⋯

수선화

탐스레 아름다운 것이 아니라
조촐하고 깨끗한 모습으로
살포시 와 안기는 수선화여

아주 오랜 세월 곁에서
들려오던 꽃의 목소리는
왜 그리도 낯설었을까

여든이 가까워서야 이제
맞닿는 네 모습 어디
먼 곳에라도 떠나 살았던가

내 유년의 오랜 꽃밭과
꽃을 좋아했던 그 마음속에서도
친밀할 수 없었던 꽃이었네…

맑고 순수했던 노랫말 속에서
생생하게 기억되던 꽃이
비로소 오늘 밝은 미소를 보내온다

그리움의 꽃

그리움은 봄 같아라
잠자코 꽃이 피어나듯
가슴 가득 꽃으로 피어나…

그 그리움 슬픔일지라도
아픔일지라도
가슴 가득히 피어난 꽃

그리움의 꽃으로 하여
삶은 때로 아름다워지고
눈물로 피는 위안이 되기도 하네

제비꽃 한 송이

꽃이 외롭다고 한다
가로수 은행나무 아래서
피어난 제비꽃 한 송이…

어쩌다 한 송이일까
아슴한 보라빛 제비꽃이여
갓 태어난 아기 미소 같네…

등꽃 2

보라빛 등꽃이 마음껏
미소를 흘리고 있다
함께 어울려 정겨운 꽃

주절이 주절이 꽃들은
매달려 있어도
힘들지 않나 보다

고운 보라빛에 마음
흔들리는 사람들
등꽃을 바라보며

짙푸른 파도를 생각하고
드높은 가을 하늘까지
꿈꾸듯 그려 보겠네…

아름다운 튤립

이슬방울인가 고운 비를 맞음인가
함초롬이 젖어 있는
아름다운 튤립이여

수줍은 여인의 모습으로
누구를 기다리는가
이미 나의 마음도 빼앗고

보는 이로 하여금
가슴 설레이는데
아름다운 튤립이여

때로 아름다움도 죄가
되거늘 이제 더는
설레이게 하지 마오

변산바람꽃

아직 겨울바람 제 사라지기도 전
변산바람꽃이여 너는 어이
그리도 일찍 피어났느뇨

높고 푸른 하늘이 그리웠니
바람소리 마른 낙엽 딩구는
이 계절의 마지막 정경이 그리웠냐

여리디 여린 네 모습
아이의 맑은 눈물 보듯
애잔함이 가슴을 적시누나

꽃구름

만개한 벚꽃들이 마치
고운 뭉개구름 같았는데

몇 날 내린 비에
꽃구름은 뭉개어지고

꽃잎 잃어가는 꽃술들이
선명한 빛깔로 비추이네

꽃의 아름다움에 맘껏 취하기도
전에 아쉬움 가득 남기고 떠난

꽃이여! 꽃이여! 꽃이여!
겨우내 그 기다림이 안타깝네

장미여, 장미여

장미여 장미여
고혹스런 아름다움이여
왠지 모르는 눈물
이슬이듯 맺히누나

내 마음 무엇이 그리도
슬픔이었기에 오늘
그대를 만나 이토록
아름다운 위안에 취하는가

꽃이여 꽃이여
아름다운 장미꽃이여
그대의 향기가
내 마음 깊이 스며드네

무술년 5월의 장미여
해마다 그대의 어여쁨에
취할 수 있는 행복함과 위안
살아 있음의 크낙한 행운이리라

붉은 사철란

난생 처음 만나는 붉은 사철란이여
그대를 보는 순간의 어여쁨이

오히려 나는 수줍게 미소 띠었네
키는 어찌하여 그리도 작은가

연분홍빛 연연한 빛깔은
내 가슴속에서 붉게 피어나네

제주의 푸른 바다를 꿈꾸며
혼자서 찾아갔던 오십여 년 전
옛추억까지 더듬게 하는

꽃이여! 꽃이여!
붉은 사철란 꽃이여!
마력의 사랑스러움이여…

꽃 중의 꽃은 없다
다만 아름다운 꽃만 피고 질 뿐이다

가끔 "꽃 중에서 무슨 꽃을 제일 좋아하는가"라는 질문을 받는다. 나는 그럴 때마다 "모든 꽃을 좋아한다"라고 대답하는데, 그러면 무슨 답이 그러냐고 핀잔을 받곤 한다.

꽃이란 꽃은 모두 사랑스럽고, 꽃이란 꽃은 모두 아름다운 것을 어쩌란 말인가? 바라기는 부디 그런 어리석고 못난 질문을 나에게만은 하지 않았으면 좋겠다.

작고하신 김춘수 시인께서 문병 간 나에게 "국화꽃을 좋아하느냐"고 물으셨다. 나는 "국화를 사랑하지만, 모든 꽃을 좋아한다"고 대답했다. 노시인은 짐작이 간다는 듯 더 이상 묻지 않았다.

"그래, 김 교수는 모든 꽃을 사랑하지. 그래서 혼자 살지. 난 알아."

사람마다 특별히 좋아하는 꽃이 있다. 고흐의 해바라기, 모네의 수련, 서정주의 국화, 릴케의 장미, 이효석의 메밀꽃, 김영란의 모란, 이육사의 매화, 카얌의 장미, 헤릭의 수선화, 김소월의 진달래, 베케르의 나팔꽃, 괴테의 제비꽃, 워즈워스의 오랑캐꽃 등등…

주무숙周茂叔의 애연설愛蓮說에 의하면, 당나라 이후에는 많은 사람들이 모란을 사랑했다고 한다.

모란은 부유를 상징하는 꽃이다.

주무숙의 연꽃에 대한 애찬은 침이 마를 정도다.

연꽃이 더러운 진흙 속에서 나와 아름다운 꽃을 피우기 때문이다.

다시 말해서, 온갖 추함 속에서도 물들지 않고 의지를 고치지 않는 것을 사랑한 것이다. 그렇다면 온갖 구정물 속에서 독을 빨아들여 향을 내뿜는 한국의 미나리꽃은 어떤가?

꽃의 자태를 보고 거기에 의미와 뜻을 쏟는 사람도 많다. 이를테면 연꽃의 경우 속이 비어서 사심私心이 없고 가지가 뻗지 않아 흔들리지 않는다는 등, 그리고 그 그윽한 향기가 멀리 멀리 퍼져 더욱 청정淸淨하고, 그의 높은 자세를 누구도 업신여기지 못할 것이라는 등 얘기한다. 사람들은 하나의 꽃을 두고 좋아하고, 사랑하는 이유에 대해 꽃칠, 덧칠하기를 좋아한다. 그러나 사람들이 나름대로 좋아하는 한 가지 꽃만을 골라 오직 그 꽃만을 사랑한다면, 나머지 꽃들은 어찌 서럽고 외로워 피기라도 하겠단 말인가?

꽃은 아름답다. 모란도, 장미도, 보춘화도, 할미꽃도, 호박꽃도, 맨드라미도, 노루귀도, 솜다리도, 붓꽃도, 옥잠화도, 부들도, 질경이도, 과꽃도, 용담도, 쑥부쟁이도, 동백도, 팔손이도, 왕대도, 서향도, 모두 모두 아름답다.

모든 꽃은 꽃이기 때문에 아름답다.

꽃을 사랑하는 사람들의 마음 속에는 봄, 여름, 가을, 겨울 없이 언제나 꽃이 핀다. 그러나 마음속에 미움이 담기면 꽃은 보이지 않거나 아예 피지 않는다. 꽃 중의 꽃은 없다. 아름다운 꽃들만이 피고 질 뿐이다.

나는 임 시인을 평소에 '아침이슬에 젖은 레바논의 백합화' 같은 순결주의 향기를 가진 시인으로만 평가해 왔었다.

그런데 이렇게 많이, 놀랍게도… 꽃에 관해 쓴 백 수십 편의 영혼의 불꽃을 보고 깜짝 놀랐다.

어쩌면 그가 노래한 꽃들은 고운 화분이나 정원에 꾸며진 보여주기 위한 꽃들이 아니라 자연 그 자체로서의 거칠고 순수한 들꽃이다.

그것은 시인 스스로가 꽃의 아름다움을 있는 그대로 볼 줄 아는 순결한 영혼을 가졌기 때문이다.

시인이 바라본 꽃들은 그 자리에 피어야 하기 때문에 신이 내려 주어서 피는 꽃들이지, 결코 억지로 이쁘게 보이기 위해 인위적으로 옮겨가며 여기저기 피는 꽃들은 아닌 것 같다.

한마디로 임영희의 꽃들은 눈부시게 아름답도록 피고 지고 슬픈 들꽃들이다. 아침 영광으로 빛나는 이슬과 찬란한 슬픔들이 꽃을 통해 사람들의 희망과 기쁨, 그리움과 이별, 절망과 슬픔을 노래하고 있다.

참으로 아름답고 슬픈 꽃들이다.

김영목 金英穆

(전 명지대 석좌 교수(이론사회학 박사) · 원로시인)

후기

내가 쓴 글이 시詩인가, 시가 아닐까!
나 자신도 수긍할 수 없는…

처음 시를 쓴다고 한 것이 70년대 초였고 그 이후 시
집 두 권, 『제1시집: 구슬뺙과 허리띠의 의미(1972년)』
『제2시집: 목련이 피던 아침(1981년)』을 내고 잠시 동인
지 『진단시』 동인(김규화, 문효치, 박진환, 임 보, 정의홍(작고))
으로 함께했던 의미있는 기억들…

그리고 글쓰기와는 인연이 없는 삶을 살았던 20여
년간 어쩌다 '안동사범' 9회 동기들의 까페에서 글쓰기
를 시작하면서 10여 년도 넘는 세월, 시를 쓰겠다는 생
각을 한 것이 아니라 그냥 무언가 생각나는 걸 적어 본

글들이었으나 15년이란 세월이 지나가고 보니, 많은 글들이 모여졌습니다.

이 글들이 시의 품격을 지닌 작품들이 되는 것인지, 다만 여든이 되는 세월을 맞이해 그래도 남기고 싶은 것이 있다면… 하는 욕심만으로 시집이란 이름을 빌려 두 권 시집으로 묶어 보았습니다.

아무쪼록 따뜻한 마음으로 읽어주셨으면 하는 바람입니다!

2019년 11월

임영희 林英姬

· 임영희 저자 약력 ·

· 안동 태생
· 안동사범 병설 중학교 졸업
· 안동사범 본과3년 졸업
· 숙명여대 문과대 국어국문과 졸업
· 초등학교 교사 6년
· 1972년 월간 시 전문지 『풀과 별(신석정, 이동주)』 추천
· 현대시인협회 회원
· e-mail: vivichu429@hanmail.net
· 블로그: http://blog.daum.net/vivichu

초판 1쇄 발행 2019년 12월 25일

지은이 임영희 · 발행인 권선복
표지그림 권순련(안동사범 동기, 한국미술협회 회원)
캘리그라피 이형구 · 디자인 김소영 · 전자책 서보미 · 마케팅 권보송
발행처 도서출판 행복에너지 · 출판등록 제315-2011-000035호
주소 (157-010) 서울특별시 강서구 화곡로 232 · 전화 0505-613-6133 · 팩스 0303-0799-1560 ·
홈페이지 www.happybook.or.kr · 이메일 ksbdata@daum.net

값 16,000원

ISBN 979-11-5602-762-1   (03810)
Copyright ⓒ 임영희, 2019

도서출판 행복에너지는 독자 여러분의 아이디어와 원고 투고를 기다립니다. 책으로 만들기
를 원하는 콘텐츠가 있으신 분은 이메일이나 홈페이지를 통해 간단한 기획서와 기획의도,
연락처 등을 보내주십시오. 행복에너지의 문은 언제나 활짝 열려 있습니다.